AQUARIUS

AQUARIUS

AQUARIUS

AQUARIUS

每個人心中都有一座島嶼，

藉文字呼息而靜謐，

Island，我們心靈的岸。

嬰兒涉過淺塘
羅毓嘉

——給臺灣

【推薦序】刺著我們的靈魂

林立青（作家）

我是在出書以後才開始認識羅毓嘉的，開始讀他的書，唸出他詩裡面一個一個的字，學著從他的世界去看一些美好的，遲疑的，自己不了解的世界。過去前幾本的詩集每篇都像是凝結的情書，像是在一面大鏡子前看著自己的裸身一樣，唯有透過澄澈的詩，才會驚覺：哎呀，原來我自己是這個樣子，原來自己也曾有類似的，同樣的感覺。

我眼前這部《嬰兒涉過淺塘》可能是毓嘉至今最直白，也最面向社會大眾的一本詩集。在本書的詩句之中，隱隱約約都和臺灣社會有緊密的關係與連結：那些好的，不好的，撕裂的或者痛苦的畫面場景紛紛湧出，我好像回到那大三溫暖的鏡子前面，看到了當時憤怒、哀愁或者感到無力的自己。如果我印象中的毓嘉，是用詩將世界上美好的期盼和感受凝結而成，那這本詩集，就應該是對於社會的回應和質問了。

詩是一種最難以掌握的題材，我不懂詩，但我讀詩，我試著在讀完以後去記下自己讀詩以後的感受，我眼鏡後，瞳孔前畫面不斷出現片段的，但是發生在臺灣的剪影，像是強拆，又或者閃過一、兩個政客的咆嘯，以愛之名的壓迫標語。

如果一個詩人要隱晦自己寫詩的意圖和批判的對象，絕對可以藏得比散文或者小說還要深，還要讓人看不懂，但這些詩中的文字，卻幾乎每篇在讀後都覺得被勾起曾有的憤怒或者無助。幾乎每一首，我都能閃過曾在新聞畫面中短短只看一秒的人。詩人重視社會議題時，能將那些複雜的感受化作精煉的文字，每一首詩的韻腳段落似乎都在呼應著我曾有過，卻沒有辦法細膩述說清楚的感覺。

我讀完以後，連寫自己臉書都開始亂押韻一通。不知道為什麼，那種像是聽了搖滾樂開啟了上面寫著「搖動」或者「狂歡」的開關一樣，只是這些詩是沉重的，是洗鍊的，是用這塊島嶼曾經發生過的暴虐或者壓迫而出的。

對我而言，這就是讀詩的魅力，詩人可以用極少的文字說出我沒法清楚表達的感覺。在這個感覺中，我不知道自己到底和詩人想的是不是同一件事情，可是在讀完後，連這也不重要了。羅毓嘉的詩能讓我聯想過去的回憶，能把我拉到一些場景裡。

毓嘉的詩向來帶有強烈卻又適合吟誦的韻律感，這次的詩集在描述時更是不加迴避，清楚直接，一字一句地把我拉回曾有的感觸和回憶，回過頭來問我自己：我還活著嗎？我還有記得詩人的感動和震撼嗎？

羅毓嘉這次從序詩〈政治粉餅〉之中，揭開他質問並且深切關懷社會的文字：

把你和自由銬在一起你就自由了嗎
焚燒你的熱情你感到那溫度了嗎
你用堅定妝點你的眼神他們便堅定地毆打你
若你還有信仰折磨你就成為他們的信仰

序詩就令人感到震撼和反思，在我看來是警句。我在讀完序詩以後，質問究竟我看的政治是狂熱還是口號？我真的懂嗎？身為一個人，我真的有所選擇嗎？我自願嗎？我有同樣的感動嗎？

毓嘉在這本詩集裡給我的感覺是比起過去，都還要激烈並勇敢地和社會對話。詩人的文字銳利如同匕首，精準如同狙擊，直刺往讀者的良知。敏銳卻又帶著無奈地質問臺灣：為什麼這樣對待人？為什麼讓人受到如此對待：

究會有些答案被揭開吧
想起自己是誰，想起了
曾有一時自己為誰所深愛著
想起
沒有人能獨力創造文明
認識不認識的人聚在後門
抽完支菸他們
忍住了不開始哭泣

優秀的詩人可以短短幾句詩勾勒出社會的場景，並且記錄下受傷的，難受的，苦難之下的人。我喜歡讀羅毓嘉的詩，即使是面對社會時多麼的無助，他的詩都還保有溫度，讓讀詩的人不會覺得自己是孤獨的，是自己一人承擔的：

這世界充斥著詭妙的答辯
雕像正彼此擁抱
且發出愛慾的呻吟，聽到了嗎
但你不關心這些。如同你不能夠關心
自己已死去了很久
我微弱安靜了沒有說話
此刻，且讓我假裝
自己並不關心你

毓嘉始終是愛人的，是付出愛的，這是詩人珍貴的特質，也是讀詩時，真的能夠觸動人心的原因：詩人用文字寫愛，用尖銳的文字刺進讀者的心，質問的同時也撫慰著讀者，所以我們應該要讀詩，當我認為自己是孤獨時，是難過時，謝謝我們還有詩人，用他的文字刺著我們的靈魂。為我們的記憶留下可以吟誦並且聯想的線索。

我推薦這本詩集，期待所有人都可以看看詩人的眼睛中，社會是什麼樣子，看看自己是什麼樣的人，再回過頭來，確認是否還有那些悸動或者對於社會的期盼。

四維

八德

長路

止息

目錄

歌隊

複寫

【序詩】政治粉餅

他們盤查你的詞彙裡有沒有不滅的燈火
召來比較牢固的字句砌成四條邊線一間房
將你放在裡邊而自己冷冷站在外面
命你給出最艱澀的三個動詞你說
思考，論辯，批判只是冷僻但並不困難
還不如抵抗，鬥爭，革命你說
靜默這個詞原坐在你的旁邊它怵然蛇立
為何你不戴上它那蒼白的臉

把你和自由銬在一起你就自由了嗎

焚燒你的熱情你感到那溫度了嗎
熾熱是無聲的而冷靜有一種內在的嘈雜
信念啊它在窗格外高懸你伸手
如何引頸也越不過的疆界彼端是引誘與墜落
花蕊吐露時間蜜裡溢出自己的窄房
兵火與吆喝一齊從雲端落下
弈一盤棋局勝敗已寫定你的名字

他們反覆盤查你的身體。確保你已吐出
你所喜愛的詞彙比如說歷史，比如說
記憶。他們指著太陽升起的位置他們說
那是西方但你說，不
他們就在你眼前折斷別人的小指
他們刑求每個日期要你相信日子越過越少
折磨每條血管裡流出的詞彙

只能緊緊靠著彼此生起微渺的火焰

你用堅定妝點你的眼神他們便堅定地毆打你
若你還有信仰折磨你就成為他們的信仰
他們持續搜查你的靈魂
斲斷詞彙並燒毀非法增生的細胞
黑夜裡他們發現你將道德刺在掌心
就砍下你的雙手，把你的左手接回右腕
右手則接回左腕他們笑著說讓你留下雙手
同時也把凌遲與疤痕留下

該如何策劃你的理想與逃亡
他們用牢固的字句構成四個邊一間房
你住在屋裡你與影子嬉戲你書寫
窩藏從牆上刮下的泥屑

用自我的碎片捏成一尊完整的黑暗
只有你無聲的演奏你的衣角
他們守著你守著一樁共有的罪行
你是座監獄困住他們困住你還是你自己

有時你在電話本裡翻查熟悉的名字
有時從經過的門牌上確認自己的地址
通常是在最熟悉的路徑上
發現了季節它原來正在變換著

四維

教育

多半的時候他們教你
應該成為那樣的人：認真，負責
身心健全，擁有面對安靜街道的落地窗
且懂得分辨紅酒產地的土壤
氣候的層次，懂得用橡木與可可
形容一杯你品嘗的
生活噢生活。只是多半時候——
真真切切的多半時候
他們並不鼓勵你真的擁抱
生活的土壤

多半時候他們教你，人生

應當有比講話方式更重要的事：
卻不像他們所言，凡事按顏色分類了
分站在記憶的兩岸
男孩背著郵包，爬上土壕
指認砲彈與其悲鳴所來的方向
讓其他人翻過高牆，聽一聽
戰爭輾過人群的聲響
這夜，雕像的吻啊
冷過愛人的呻吟

多半時候他們只是講話
但從未聆聽你的擔憂，廣袤之海上
未來的航道有一場暴風雨將摧毀風帆
又該如何踩過政府
肅穆的圍牆

拆解廣場上的每一只耳朵
他們不曾教你說話。或許是
你說話時——不覺用上了他們的嗓子
聲腔冷靜，音調清晰
且還有頓挫的語氣
遮蔽邏輯的斷裂歷史的缺頁

多半時候他們不指認萬物。
他們說：凡事間僅有一種正確
一種解答。他們不願教你
在不同的季節裡
你能守候不同的失去。比如說
在校園裡失去了一個人在深秋的夜晚
你能決定愛與不愛——
決定軟弱與堅毅

有類似的重量

炎夏的少年們翻過圍柵高牆
高舉雙手道別了
多數的晚上他們教你，卻不曾說
他們是誰。他們寧願你安靜
躡腳走過歷史
而不要為誰的錯事嘆息
這樣就好。他們沒收你的電話
像他們不曾教你求救
如此他們將能撲滅了你
適才燃起的時代
與火炬頂端那微弱的星光

民主

我不關心如何傳遞玫瑰
耳語，和殺戮的聲響。我不關心戰爭
不關心政治脆如玻璃
而氣球越吹
越大。我不關心
官員的頭顱繫在哪條領帶上
不關心他們早已全數亡故
不關心，路上有個男孩
他邊走邊哭

你從不關心車輛煞停在嬰兒車前
不關心他們的不為所動

一種夢囈般

不愉快的感受。你不關心我
不關心一輛砂石車駛進了少年的夢
你不關心疾病。不關心芭蕾。
不關心他們曾與他們親吻
如何開啟偌大的苦難，你不關心
音樂正衰竭，不關心
誰歇斯底里誰又奮不顧身。
你正吸起杯底最後一顆珍珠——

我從不關心這些：好比一把傘
能否撐住了竟夜的黑雨
煙霧裡且讓我謹守我的冷漠
我不再關心明天的氣候
不關心哪顆鏡頭

對準了成群翻越圍牆的耳朵

我是如此像你。如同你不關心一條河
是往左或者往右有人的故事
遭到改寫，刪修？而更多的書籍被投入火焰
不關心創造。亦不關心毀滅
你整日開著電視
卻始終煩惱著些甚麼

這世界充斥詭妙的答辯
雕像正彼此擁抱
且發出愛欲的呻吟，聽到了嗎
但你不關心這些。如同你不能夠關心
自己已死去了很久
我微弱安靜了沒有說話

政治

有時是張黑而詭祕的餐桌
有人將傳單撕碎了吃下，有人則將
靈魂與碎骨悄悄餵給桌底的神明
有時他們承諾你一場煙花
有時詆毀我雙手高舉
所有的兒童都病了，所有灰燼
將在人群與燈海之間
掃出餘波

有許多人曾聽過一樣的話
許多人如今則長居於彼此的廢墟
揮舞旗幟的男孩

在木門劃記紅色的圓圈
有時燭火指出了行路的方向
有時則不免
也將節慶的燈籠都給燒毀

所有的兒童都在那裡
踩過溽暑的泥坑然後病了，然後
弄髒了最後一襲
乾淨的衣裳

然而潑糞者總是得以全身而退
只在墓誌銘刻下一句
無人恪守的格言：
沒有人能活著走完這一生

最熟習點菸的手勢都被雨淋濕了
甜美的水果
總是成熟在卑鄙的土壤
派對裡的年輕人逐漸變成
嘈雜的樂器，有時濁綠的河水
能將你我的眼睛洗淨

有時我們的親吻不被承認
當我在那黑而詭祕的餐桌上
與你對談，仍想找出件
你和我能夠一齊面對的事比如說
在蔓延整座荒原的烈火之中
找到一根指向正北的針
在已被眾多新星吞沒的夜空裡
找一顆存在許久的

真理的星辰

勾搭著的臂膀正開始旋轉
繼續旋轉，且加速
在黑而詭祕的餐桌上
將我的夢撕碎吧
吃下我仍熱烈搏動的心臟吧
在黎明的幻覺出現之前

勞動

在晴朗適合散步的早晨
你扛著別人的餐桌，扛著
一床棉被像扛起一整群人的靈魂
扛著一個族群的餐食
扛起不再被談論的話題

你扛起生活的操煩，扛起
傾斜的天氣，扛起不能縫合的傷口
在充滿標語和牌告的廣場上
你扛起國家曾是你的父君
扛起它
曾將你們高高舉起再推落的懸崖

你扛起地底唯一的色彩
扛起串連日夜的繩索

你扛起不曾識讀的文字，不曾書寫的
陌生的字母你扛起你自己
再到別人的房間去住

但你何嘗能扛起歷史是整座迷陣
如何扛起準確飛落的彈頭
扛起博物館的遺跡
裡頭有你
冰山消融般崩落的愛情。今天
你變成了怎樣的怪獸
扛起擁抱
扛起吻

彎腰撿起隻破碎的眼睛

該怎麼選擇你不知道
在緊閉的房門裡面你扛起了
忐忑，灰燼，煤污和火海
扛著漆黑的太陽和自己的平庸對辯
扛起講話大聲的直率的人們
那些無人看見的
其他人們

這世界沒有煞車
你徒勞地追逐每片落下的枯葉
寫妥了所有十字架與它們的墓誌銘
扛起每個已摔碎的「我們」
即使在另一個版本的故事裡

在轉角的雜貨店前

有些人選擇突然回頭
把自己嚼碎了
再次觸摸當初出發的地方
有人選擇走路
朝著雨水的方向
安著不曾迷途的航線

有人選擇一巴掌打歪季節
有些人與菸斗和曬衣繩搏鬥
有人選擇晨曦，有人選擇號誌
每個人正伸出手腕
嘗試抓住

無法把握的光線

選擇在轉角的雜貨店前
拋出各種說詞像不斷跳動的皮球
選擇把東西放進冰箱並取出另外一些
有人選擇安靜
選擇胡桃鉗
選擇
一對弗烈達・卡蘿眉毛的女生

選擇了靜巷裡獨自發動的摩托車
選擇衝進落地窗
撞碎滿地別人的名字
選擇把每件衣服洗乾淨了無非是想
偶爾也能把它們再次弄髒

門始終關著
門是否能被選擇打開
有人選擇了眼淚
選擇疼痛
選擇松木枝穿過掌心，選擇
海洋的海洋，音樂的音樂
憂鬱如金砂般洩落

在每個未曾到過的地方
和死去的人說話吧
有人選擇我們而我們選擇痊癒
選擇在此刻此地相愛了——
且選擇一把好的剪刀
讓我們爭吵

——《他們在畢業的前一天爆炸》形象詩

在超出雨的前沿

在這超出雨的前沿
我們終於燒盡了最後一根菸
還有一個世界。
決定晚點再把汗水躺平
談論一個決定：讓鐘承載時間
沙漏留給荒原

有些東西即將落下來了
我該如何談論，在超出雨的前沿
有些黑暗被光遮住。樹林
與麥田
派對裡的年輕人

一齊成為嘈雜的樂器
演奏無法以色號描繪的光線
而地鐵駛過了我們然後停下
角落的生活如此安靜
在超出雨的前沿

世界是巨大的管風琴等待喚醒
陽光，山巒，安魂的低音
我無法想起戰爭的理由
讓人們習於陶醉
習於成熟
乃至於殺戮
微小冰冷的石頭
劃出精確漫長的軌跡

我仍嘗試寫信，嘗試描繪
聲音穿越走廊
在空無一人的門廳之中
光線遮住了那人留下的梯階
無人拾級而上
在超出雨的前沿

在另一個太平盛世

在另一個太平盛世我想
也就是豆蔓糾結成藤，也就是
皮鞋走過終無拒馬的門廊
是晚餐前的一聲「你回來了」
但議場上的手腕飛快地舉起又放下
他們火化每一座雕像
推出巨大的票匭
封存了我們的心臟

另一個太平盛世令我想像：
也就是鞋帶穿妥了，鑰匙鎖緊記憶
不問，不聽，無傷無逝

酒杯裡的冰塊消融了又再加滿
是港灣逐漸淤淺，而你我自海面走過
寧靜而重複的天氣

但機械運作的響亮高過了歌唱
花苗給變換的地層輕輕扼殺
久愛的戀人
喊出了別人的名字

該如何描述你所在的地方
也就是個母親微笑著抱嬰兒涉過淺塘
也就是另一個母親
讓別人的孩子
吸吮她豐美的乳房
另一個太平盛世的天氣——

無非是偶有白雲，泰半晴爽
早慧的戀人們
細數著金色的砂

但是黑色的門廊裡邊
音樂早已停下
人們把彼此的額頭抬在肩上
把名姓忘在陌生的吊床
我給過你灰燼
給你風乾的魚掛在新設的鐵窗

在另一個盛世
我們將填滿下一座港灣
認出彼此前世的長相
哭泣，微笑，都曾在街頭上重複著

那些與眼淚齊說出的話
牆不斷在我們之中站起了
荊棘啊
在我們之中站起

下一個太平盛世即將來臨了
此刻國家終於洗淨了它的手吧
是國家
洗淨了它的手

有時你被另一種語言簡單地撫摩了
在眾聲喧嘩的沉默裡
你安靜了在站牌下讀一首詩
同搖滾樂一齊放肆地起舞

八德

如果有一件事是重要的

如果有一件事是重要的
讓敵人離去，不必擔心他是否微笑
雀鳥南飛的立冬
崗哨兀自在盆地四處矗立

讓我們再學會一種語言
能夠不唱而歌，而能分辨
細節的差異
如果有一件事是重要的
讓我們敲破碎成千萬細粒的螢光幕
星期五的天空，是我們熱切的臉
北緯二十四度

極光承接了昨夜
亮著我們疲憊的臉

如果有一件事是重要的
不要忘記描述今天的氣候
成為蝶蛹
或者一個處女
在春天甦醒，看大河匯流
看刪節號與氣溫同聲降落
新的措詞
總得自己來說

嗓音隱沒在遲來的雨中
將書簡投郵
不輕不重地寫著

總有一件事是重要的
我想我希望你知道我是美麗的

如果我住在

如果我住在炎夏的十一月
鐵窗沿路等得生疼
廣場與餐食凌亂地對峙
街燈熄滅的深夜
所有的出口
將再次成為入口

如果我住在無窗的密室
星期四的天空有沒有雲？
想像外頭
僅有一種號誌的街道
車隊自枯萎的樹影下歡快地通過

甚麼時候
屋外的天氣竟與我無關
我們不必再談論
如何點亮一盞瓦斯燈，如何
持雨傘如持長劍，我感覺冷

「這裡應有熱切的歌唱」
我們先是母親
而後才成為女人，先沉默
而後重新經營了長句
如果我住在無風的
緯度上，旗幟無從飛揚
把新的措詞
都留給別人去說

如果敵人來了

如果敵人來了
對著我們微笑並謙恭地問候
我們就收起旗幟
撤去圍困城市的字句
讓每個出口成為入口

如果星期一早晨下了場雨
宣告多霧的秋天開闢新航線
在史籍第三頁
一道摺痕，拿紅筆劃著橫槓的
不再問起的那段，也是
被草草刪去曾砲彈相擲的

那段——
此後，如果敵人來了
沒人會再認得他們

如果敵人來了，同我們
交換餐食與憂患
同我們擦拭昨日的窗口
猜疑在肩膀中間 些微地移動
「這裡難道沒有熱切的歌唱嗎」
如果我們不再張揚自己
總有措詞
給別人搶先去說

如果敵人來了
一張冰澈的塑膠布在身上披著

星期一早晨，我在雨中醒來
楓葉沒來得及紅
路燈一盞一盞地亮了

投票日的恐怖分子

今天你想要甚麼呢？
不如聽聽我的聲音吧——
想要一扇敞開的窗邀來外頭的雨霧
想要被推下碼頭的每隻靈魂
都能留下一雙鞋

給你紅色的印章好嗎？
紅色是最乾淨的顏色。
它能把其他的顏色都給弄髒。
你要獎勵那些舉起手來的人們
在他們的每個指節上
刺一顆骷髏

在青島在濟南在凱道在愛河畔在歷史——
在嘈鬧的荒原
埋下青天白日的屍骨

城市的人們一早便在此匯集了
一根根的針
奔向說謊者的喉嚨
他們用盡氣力要把歷史夾進缺頁
將殘酷寫成不必要的必要
群眾橫躺在火車即將駛過的平交道
是為了成就甚麼——

咬破指尖是不可以的。
讓一隻蜜蜂進來刺探也不可以。
不會是你

當然也不會是我

用我的被單我的污漬
縫住所有人的身體
讓我的唇縫上你的唇吧，把他的
縫在一隻紅熱的鐵砧上頭
這樣你們
就都會聽我的了

選票上的臉

選票上的臉都看著我。

我便都看回去：

比如　對著鏡子描繪自己約略右傾[01]的臉

發現鼻子[02]長得有些心術不正

眼袋，像蠶像蛹[03]

耳中長滿巨大耳屎再聽不見任何忠告[04]

上挑的眉毛[05]割破均衡臉部線條

膚質[06]很差

鏡子中那張靜止的臉孔並不存在[07]

稍微移動就要消失[08]

啊於是我如此解讀自己：

01 一定不屬於馬克思的情人

02 修正牠的位置
最好放在眼睛下方那樣
像一場瘋狂錯誤的喜劇正搬演

03 我們日夜用眼霜餵飼牠
眨眼間就要羽化而去

04 崩塌時發出的聲響像雨後的山路
然後聽見一句「小心落石」

05 毛毛蟲哪天會變成蝴蝶我不知道

06 有一個短暫而飽滿的時刻我平躺著
床上的我
背上的青春痘壓迫

07 你們並不存在可是我存在嗎
最壞的已經過去了

08 無論如何請不要攝影或拍照謝謝

我總是不認識自己
看著鏡中那兩隻眼睛
像馬路上圍觀打群架似地事不關己。
我走出去

票匭裡的黑洞

緩步行走緩步行走緩步行走。
地平線上三個旅人
背著霞光，喘氣如橙紅的雲
氣氛十分乾燥
只有剪影，顯然他們
尚未決定目的地。

（再走慢些）
三個旅人拖拉一口箱子
在沙地上刻出痕跡
筆直延伸往他們的來處
背景轉成深赭

足跡被箱子抹消，似乎不輕
太陽傾斜了並且掉落在平原某處
火色的煙塵沸騰
（沉重地緩步行走緩步行走）
驟然有飛鳥逆溯光圈而上。
是鷹、是鴉、是雀、是
帶來綠色橄欖葉的鴿
它的航行
對應三個旅人的流浪
如流星一般驚嘆
如流星一般沉默。

背景：晚霞也靜止了。
在紛然亂呈的意象當中

（最後一景）

三個旅人依著地平線
留下了無聲的剪影
背光。鴿子說
「怎麼他們的箱子上了鎖呢」
畫面中一切如我算計
裡面有
三個旅人對應一口箱子
木箱，對應鴿眼

（寧靜行走緩步行走）
鴿，再度橫越凌駕整個場景。
以夕陽作襯底
在緋紅豔麗的天空之上
無人行走

忠孝

撐一把空有骨架的傘
是擋不住這黑雨的
曾經抱守的承諾
終於還是遲了
從未解除的空襲警報
像一只臂章握著誓言和絮語
我的國家啊
我們會被全數殲滅嗎

來不及後送的夢
都支離破碎了
曾經相信的旗幟仍然舉著

任憑風剪開它，像剪開一封
不能抵達的信箋
寫有我們相信的那些：比如說
講好的一起回去
比如說約定了明年的花季

活著是對活著的懲罰
死亡則鳴響了死亡的起點
我再看不見你的手心了
所有拋向空中的願望
落在地上只能敲出同一種聲音
國家啊
我們能攀出這砂礫的黑井嗎
若俘虜有俘虜的自由，占領者

是否也有占領者的憂戚？
遮起耳朵就聽不見警報
也不會聽見警報的終結了吧
且讓我睡
睡得信賴像一道高牆
用一輩子的時間等候樓的完成
等候風來，雨停
再把餘下的屋簷毀棄——

生存沒有丁點的活味了
讓我們一起回去
那裡有個陌生人住著你的房子
向他索討你的來世
錯遞的消息堆疊如石砥
領導者在那裡無聲色地笑了

仁愛

能不能有一襲鋼鐵的襁褓
抵禦四月寒夜的語言
能不能有一顆心
寬大而豐盛，吃完一桌壞的菜餚
把每個酒杯的邊緣舔出缺角
可是唇的柔軟
是為了親吻，雙臂的深刻
何嘗不是為了擁抱

曾經以為五月適宜前進
原先深不可測的那些
卻一下子說完了

有個嬰孩遺傳了母親側臉的痣
穿上了父親那雙大鞋，走路
且跌撞，前進復又後退
每個天空走過濕滑的磁磚地
池畔並無漣漪
四月突然就掀開了鍋蓋
再把它焦躁地闔上

應當數算清晰的事
需要更多日期
比如說五月的第二十四天
足夠讓我們在長大之前戀愛
來得及選擇命運，零錢，銅幣
抵達黃昏的月台讓滿月成為第一盞燈
與最後熄滅的一盞

去年五月埋下的嬰兒
不時從樓梯小窗窺望憂慮的天色

人群如時針般匍伏
分針般的列車被日常的秒針超越多次
秒針般的影子
在明亮的騎樓下無處容身

彼時的山泉已結為冰瀑
時間停在不知何處
讓我們跨越，練習時間或將暫時休止
練習冷的語言
但五月飄飄的蠅仍慣常來去
持續練習，搓手，舔舐的姿勢
未來的五月
不會有甚麼典故

信義

與其答應你有道牆絕不傾頹
不如說二月終歸是二月
它是昨夜的流星短得讓人發疼
與其遙指了星辰說我們的愛沒有黑洞
不如說
你是道階梯讓我艱難快樂地喘息
每個毛孔都充滿你的回音

與其答應我將擋下所有砲火與空襲
有甚麼方法能使戰爭不被發生？
像雀鳥飛越了時間
所有的雨滴高

且曲折
時間很快過去
能不能就讓我的身體住進你的衣櫥
那裡必然乾燥而溫暖吧，每夜
為你寫著安靜的短信

只是愛是整座雨季充滿了孔隙
與其答應你在一個畏光的夏日睜開眼睛
安穩的燭火信守著甚麼
卻讓誰吹滅了
不如說一本書有著意外的摺角
敞著些未讀的頁次，情節如秒針位移
時間過去讓黃昏縫起每個白晝黑夜
在杯裡斟滿明天且輕輕搖晃
像是二月，像是

靈魂，真理。尊嚴的說詞

與其答應……
不如說
又不如不說

答應你生活像泡沫永不消融的啤酒
像教堂迴旋的琴音越高越響，越高越
清亮，一首歌沿鐵軌往前……
與其這麼答應了你
不如說我會像一面鏡子
反映你昨日晚睡，群青的眼眸
永不為人所棄
亦永將為我所愛

和平

如果警察在此處徹夜鎮守
就不會有人輕易地把國家偷走了
是這樣嗎
你說過的話比深冬的雪花還輕
可是盆地何來的雪呢
我該怎麼談起

如果把碎玻璃鋪設在廣場的中央
就沒有孩童乘著馬車而來
挑戰每個大人的不快樂了吧
是這樣嗎
當拒馬遮蔽了黎明的陽光

是晨曦遠離我們還是我們拉下了天空
無所謂的，如果能攔下每一年的雨水
河流仍是河流
而電廠依然是電廠
是這樣嗎

如果能夠攔下每天的雨水
成日澆灌的荊棘也會開出黑色的花
是這樣嗎
如果一艘船即將出港了
留我在岸上你也不會感到惋惜
是這樣的嗎

如果有人竊走了昨夜的星光你會和他戰鬥嗎
有人在對街唱著輕快的音樂

你卻把門窗關上
如果有人邀請你跳一支溫柔的華爾滋……
你就踩他的腳
踩壞他新買的那雙鞋
是這樣的嗎

如果一輛車駛進了人群
你會成為誰心頭上最尖銳的一塊
別過臉去，然後

把刺
對準罹難者的心臟
如果黑色的岩漿流進眼睛
如果看不見國家輕易地把誰碾碎
我們就不需要眼淚了
是這樣嗎
是這樣的吧

有時出現了久在幻想裡進去過的房子
有時飄散著過度爆米花的味道
讓你甜美、讓你安睡、有時你站在這一側
有時則在另外的一側

長路

無人同行

四月了——愛是無目的的工作
任陌生的髮匠剃去我兩鬢
讓我放下行李吧，且為同一生活所囚禁
怎麼雨停了我的耳際仍響著雨聲
像飛鳥知道密林
百獸追逐夕陽
生活至此
無非是骨灰與刀刃

四月且是一場饑荒令我偷生
當我因愛而惶惑
方知人生苦厄真實不虛

且羨慕——知道自己正往哪兒走的人
哪怕在市場口等待老鼠過街
把未熟的水果拋入荒地
像絕食般輕省愉快
讓時間替我做下決定

沒人同行的夜路上，孩童隨血而逝
讓我再多睡一點——睡到風起
到雨停的黎明
我不放心把身體交給這個地方
誰的墳上百合正開得繁華
如果吻一個女人，如果進了她的房間
死亡是主人世界是過客
即使殷勤啊
即使誠意相待

燥旱的四月那樣藍，那樣靜
我懷念簷下之雨懷念黎明是每一天
痊癒又被痛揍的黑淤
究竟該如何摺妥一條河流
在不會傾覆的嬰兒床啊
誰的舌尖
割破了愛人的雙唇

四月了。親愛的
生活走開了很久像它不曾走開
當時間消失外邊傳來木匠的腳步聲
在已無螢火的夜晚
我看著你的眼睛
裡頭有瀑布

地圖

你會在火山灰截斷路途之處拯救我對吧
會在曾經標示著加油站的地方為我加油對吧
永遠無法窮盡的窗景不斷打開
黑色街廓通往歷史的缺頁
像在只有窄仄貝殼的沙灘上
尋找你我今日的居所
比如說
國家，對吧

你會在最高的山峰畫上一個叉對吧
會告訴我理想國就是最危險的地方對吧
每條岔路

都通向我未曾抵達的村落
南方的等高線不知為何開了一個缺口
讓暴雨就這麼打進眼睛
讓欖仁樹的新芽嘲笑我們的天真
再容許我們徒手捏熄了燭火
這種痛
好比擁有一個國家對吧

你會為我摘下東南方盛開的蘭花對吧
會在每條未知的巷口為我點燈對吧
如今我已迷失了
卻依然想要在密林當中
找到一片還沒發芽的葉子
上頭寫著你的名字

然而潑糞者總是得以全身而退對吧
而這愛令我瘋狂對吧
令我住進一所不存在的精神病院
令我等待，令我在已被許多新星照亮的夜空裡
找一顆存在許久的
真理的星辰

好比
你依然在某個地方等待著我——
我將循著地圖上的所有線索找到你的名字
我的國家，對吧

路標

蜉蝣指向地理，你指向季節
晨露指向一組姿勢它正在靜止
豈非都是我們
早年所擁有的對比
此刻的日光指向惺忪之眼，冰霰
則指向夜幕漸次下降了，親愛的
你是貓是黑色的地形

我該如何說明
你的行草正在指向
無主的碑文？歌聲又怎能
指向了生活與永恆

越行越遠的馬車指向奧許維茨
親愛的，我且無意睜開眼睛
便不必看見
沒有任何東西指向明天
亦沒有一座碑文講述了我們

是流言指向我們，親愛的。而霧
指向遠方未及的舊事——
鏡指向浮雲
而極光
指向戰爭年代消瘦的肋骨
比如說寓言一類
傳說一類
且讓文字指向憂鬱，讓季候
指向你在鍋盤之前的

有所分心

親愛的，像孤松指向一場暴雨
危坐的臉頰指向誰都將離去
長短針指向你我
光影似明
未明。春芽指向時間
宅邸之門指向關不上的記憶
卻有扇窗指向擁擠的歷史
當中有個樓層
已為我們所廢棄

暗號

若天有閃電，就讓它擊中我
別等待他們側目
偷偷我在每個街角塗寫你的名字
在我還能思念你時
這麼死了
就不必驚懼於
失去你，或雲之散去

若雨水是針在你的瞳孔
都因為這壞天氣——知道了些甚麼
有人選擇甜美生活
卻喜歡了偏苦的啤酒

有人正開始決定
有人看洪水從樹的一側淹沒

總有天他們將會聽說
某些他們不該知道的事情
比如說愛闔起拉鍊
影子走過
無人的防風林

如果天有閃電啊，地有流沙
你可會選擇為我捍衛
讓我在每個牆面
寫下你的名字
趁還能思念的時候用所有星辰
留下暗號

再將它們擦掉

就像——有人做出一個決定
決定問最為艱難的問題
決定觸摸你的皺紋
是因為知道
你永遠不可能被撫平

逃亡

我將啟動一場逃亡，轉身
在舉辦彌撒的禮拜堂的每張椅背
刻下我的名字
我將驚動讀報的男人，撕扯女子的披肩
他們將就此談論我的每個昨日
當我展開逃亡

讓我逃亡——當箭簇的毒雨
自城市天空落下，印刷的字體都是
謊言。讓我逃離周旋在每張餐桌的笑臉
逃亡自銳利的目光，逃離
陽台上那永遠無法斟滿的池塘

我將逃離這裡
逃離十年前用過的電話號碼
成為我不曾是的那個人

親愛的，請你不必來找我
我將從此處展開逃亡，試圖逃離永恆
能否逃過老死，逃過肩上
貓爪的疤痕過去的微笑
當我燒毀一座樹屋
如今——過去的笑聲還寫在誰的筆記本呢
或許是支不響的辦公室電話
或許是某個下午
你裸裎躺臥落雨的臥室

——當我逃亡，會有人陪我嗎

他就坐在我的對面
為我斟酒，添菜，在搖晃的燭光裡
試圖分辨我微笑與蹙眉間
細微的差異
這將使我繼續逃亡
逃離他一度遲疑
為了他的愛裡不見我的臉頰

我將逃亡，逃開每一面簇擁著的
相同的旗幟，逃離書店空寂的櫥窗
逃離我一無所知的世界
逃離那些
我不曾見過的青年
自半開的車窗吶喊明日的口號
我將逃亡往陌生人的仰望

我將逸散
在隊伍的前鋒
沒有甚麼可供回望

我將逃進另一種生活
再寫一首詩，是你不曾讀過的
於是特別在此
致上最為親切的問候

根性

你看著自己不曾擁有的，比如說
喜歡割開手腕時別人的尖叫
喜歡蝴蝶飛舞的樣子就讓它靜止於
一支最為鋒利的大頭針
你擁有一支筷子。把它放進貓的氣管
黃昏的河堤
面著夕陽發笑

凡事都有其運轉的模式比如說
有人把菸踩熄在明日的人行道上，有人
則對準了迎面而來女性半裸的乳房
像十年前愛過的那人

給予的一道疤

在擁擠的購物商場打出一張鬼牌
踏過昨日的夢境，甚麼正無聲地終止
而你不能壓抑亦無法清醒
像個過長的噩夢你算計
算計下一個標題
如何在別人臉上留下燻黑的污漬

因為無法擁有潮汐你築起整座海堤
為了擁有山林你挖空地面圍捕最後的狼群
像一把匕首
愛著一顆心臟
像音樂未停的時候
有人唐突地拍手

你是否以為自己不曾擁有的
就永遠不會消失？於是你推倒一道牆
面向成人的篝火與慶典
走入人生離合的次序且嘲弄著老死
像一台車
駛進歡愉的人群……

每天過完，是夏季行將結束或者尚未開始
你搶奪自己不曾擁有的一切比如說
日光不為你所創造而星辰總使你迷惘
你走入時間走入了記憶
打算捉弄一個人
便走到他的面前說
為何我如此愛你

嚮導

很久之後的很久之後
我們約定
在城市的高塔底下相見好嗎
我會開車送你回去
穿過灌木叢的枝與刺
而我們在裡頭歡快地發笑
那個地方
並不是你的家

很久很久的不久之前
我們在圓環中間的噴水池見面好嗎
我會一樣

開車載你回去
繞過兵火與封鎖的鐵蒺藜
繞過歷史與國家在你身上造成的
傷害
啊，傷害
一切都會沒事的

很久很久之後——我會開車送你回去
那時經過街口的管制哨
他們命你我交出一半的靈魂
我說，我能把自己完整地留下嗎
一整個我。
可我情願讓你完整
讓你安全地到哨站的對面去

很久很久的以後我會記得
城市陷落，文明砸在破窗的足邊
在高塔已被拆毀的城市
我會開車送你回去
開了整晚的車且在灌木叢裡發笑
看完星空起落的
很久很久以後
我才想起那個地方
從來並不是我的家鄉

頭七

認識不認識的人都來了
嘗試焚燒無法焚燒的灰燼
拆毀不能拆毀的廢墟
他們入座時
穿著劣質的西裝
縐褶裡分割著靈魂

此刻，認識與不認識的人們
成了易受傷害的野獸
像一根歪曲的鐵釘
岔出在未經修復的衣櫃
關於生活的各種問題慢慢滑動：

有些領結上的污漬
匆匆不及刷洗
彷彿活著
就是一筆債務無從清償

可是不認識的與認識的人
都還完好無損
他們圍看著新挖的墓穴
謹慎避開為彼此埋設的地雷
而扭曲的風扇在牆上繼續旋轉
而牆上
鑲著認識不認識的傷疤

即使在至黑的夜晚
即使響起晨曦的鐘聲

破窗依然是破窗
樹在空心磚上沉鬱地生長——
不認識與認識的人們都來了
伸手去拍錯過的肩膀

終究會有些答案被揭開吧
想起自己是誰，想起了
曾有一時自己為誰所深愛著
想起
沒有人能獨力創造文明
認識不認識的人聚在後門
抽完支菸他們
忍住了不開始哭泣

是你傾倒春天

晚近的消息都說完了：驟雨
早苗，鳳凰木。是你傾倒了春天
灑落花粉與光蕊，你說過
妖冶是真的妖冶嗎
老去又何能是真正的老去

倘若世界讓誰撕碎了
晚近的話語都聽夠了吧：
四季薄如蟬翼，五月是堅毅的衣領
你在振臂揮舞的姿勢裡靜止
渾身光潔，無處惹塵埃

不要在我的葬禮上

莽亂的馬拉巴栗依然生長著吧，而我
就這樣收起了最後一個音符
像抬起手指時的那次呼吸——還有甚麼話呢
不要在我的葬禮上為我畫下引號
畫下括號
音樂已經停下了，還有斷句
比這回更長嗎

擱淺的船能找到下一個港灣嗎
我闔上胸口，闔上鋼琴如我闔上了肋骨
鍛鍊許久的雙臂再舉不起了
我抬不起的世界

裡頭也沒有甚麼關於越界的話題
關於「你我」的生字
不要在我的葬禮上說實話
還有甚麼多餘的謊言
比這更傷人的嗎

一隻貓跳斷了吟遊詩人的琴弦
太過繁複的音樂
為何不就停在這裡呢
雨從屋簷滴落
別在我的葬禮上看我的臉
已經拉開的拉鍊
不必再拉上

半音之所以為半音，而

小調之所以為小調
是因為它們不夠完整
還是因為
它們引人哭泣

不要在我的葬禮上談論昨日
談論信任與懷疑，與即將毀壞的星辰
讓我十指合握
相信沒能到來的明日
依然會有些陽光不曾被遮蔽
像讀我的訃聞那時
笑出聲音的你

你讀著對面座位陌生的唇語
黑暗的房間擠滿了人
你垂眉猜著接下來他們將往哪裡去
有時猜對了、有時則猜錯了

止息

中元

如何超渡一顆恨的果實
結纍在神佛胯下
此刻七月正半
三月修行
鬼火來又去了，給出半城的黝暗
恨只是恨的孩子啊
不要給他任何的貼紙
沒有愛的臉龐

如何超渡槍的激響
超渡子彈無目標的航向
列車上陡然亮出利刃，能怎麼呢

說不清的我們
該如何超渡孩子的憤怒的父親
假如他們
從未擁有一個愛的母親

無法超渡，亦無從擁抱的
愛。轉頭就要迎上雙唇
坐得太近
於是引起暈眩

每逢雨季我想起：
渡一次錯愛，花去我多少生命
親愛的，我該如何渡你
你的髮鬢
呼吸，與聲音

最終我離席了。徒留你
側身，褪下衣履半穿
骸骨自地底發出細微的呼喚
那天 他們目擊愛的毀滅
我們都死了啊
只有你在狂歡的夜
渾不知覺

安安你好

你荒唐你越界你把不知是否明天的結晶物
放進自己的血管裡你說這樣感覺真好
你打了通電話說滿天神佛在身邊守護了
但你是無父無母的，也無兄長了
你拆開棄置巷底的麵線推車想找到有沒有
昨天的吃食你抹臉但你不哭泣你無眼淚
你割著今年春天又再發出來的薊草
說為甚麼季節是種循環的把戲將你放進去
放進去像一組欠潤滑的腳踏車總是落鏈
這樣很好，其實也不好，你的荒誕
並不特別熱烈也不冷澈不燒痛誰也因此
人們垂手在你之外的柵欄看著，呼叫

但他們並不打算走過來。糾正你也好
襲擊你也好但他們不。他們是乾淨的而你
裡面的房間孵著黑色的血液裡頭有個祕密
誰都有的，綠色的光，像十八歲那年
停車場後方的幽幽綠燈你想起事情
是何時變成這個模樣的呢。追逐光。追逐
影子，將白晝封成地獄的黑夜，又怎麼
妄想那裡會有天堂，冰啊是這樣地冷
給它一朵溫婉的火炬吧……但無任何荒唐
能為之得到安慰彷彿走一條不曾走過的路
那竟然是你的家你千萬的荒唐
能不能是千萬荒唐不走的人終肯回家

安息香

急雨打過窗口，恍惚間
仍想像你端坐、抽高如靜夜的竹林
灑掃門鎖樓梯保持氣味光潔
願能找到種香氣滌清你身體
情願周身無害無菌
但巷口流星降落
這是否已是安全的處所

還想翻找鑰匙，出發收拾
摘除沿途斑斕的毒蕈，看蒼鷹斂翅
鳥雀啼鳴。光害嚴重，也還能
細數銀河星辰，好忘卻屋瓦下

陰晴幾乎並無差異
問路的時候
九月巍然而立
梔子花也害了嚴重的熱病
倘不能再用簡潔的聲音爭吵然後和好
倒寧可我是那受傷的人

蟲蟻乘隙騷動，蜉蝣
曇花，也都是時間。
月曆四處已被踩滿了紅字與黑字
若我不曾問起最重要的問題
是否一切雷同都將得到適切的安置
願世界靜止，有雨淋漓
我們調整臥姿
與合抱的方式

願豐美，不願凋零
說無月之夜只是場盛大的幻覺
長句音樂從兩人中間飛鳴而過

如是空景翻過曆紙張張
回家路上偶有螢火明滅
我知道，那會是甚麼偉岸說詞之縮小
往床邊找到些晏起的理由
願明日
天氣突然晴朗

玉樓春

暮春裡蛇嚼著冷鋒的尾巴
電鈴壞得無法提醒季節與守候
屋內燭影搖紅
是記憶讓瓶裡的櫻花啊
接枝而活，無根盛放
獨我書冊散亂，遮滅了時間

又是哪來了冷空氣
吹起房裡棉絮散如耳語
忘記是怎麼惹上你一身的塵埃了
不時聽單車自樓底吱呀而過
唱盤兀自空轉

啞著嗓子唱粗礪的思念

愛是一整落過期雜誌
美且凌亂，反捲的封面俱已破落
我不及拾揀的都是時間
卻還能翻閱自己
拍撣不盡的愛啊總帶些顆粒
無心踩過也磨痛了腳心

難以決定甚麼該留而甚麼
該棄——不像你輕易就放下了
一張照片令我褪色
想起那年如何甘心為你熨平了自己
而今我一人頹坐
滿屋滿室
你沒穿走的騷亂與縐褶

百日紅

寧靜本要人易生錯覺
是誰敲半遮的窗
是誰在地上
成為鳥和雲彩
我是沒有花開的一把椅子

是誰讓大風路過
是誰披著同一件花裳
豔色是誰的病
是誰的痊癒
鐘聲在地底鳴響
不知那人回來沒有

是我先認識結束
才領略了時間的姓字

是誰喚醒了誰來並肩
是誰渴盼晨間一場冷雨
一場無語的風
是誰
已在那裡看候許久

不過一個冷的季節
不過是沒有露水的黎明
讓針扎進指甲
讓窗簾找到音箱

是誰能讓半天黑雲逸散
晴空卻不只為我而開

冷竹

最初的情節是你下手修剪
我是沒有新綠的春天，坐在
陣風的陽台
讓我憔悴

深冬是女人的光線
瓷磚，與它——驕傲的旋律
是怎樣的針尖令你受傷
怎樣的新芽
為你抽長
總有話是說不完的
梔子花都睡了吧

冰淬的爪子搔出了另一個文明
激情的枝節還在生長

無所失
亦無所得
我是沒有刺痛你的枝椏
這季節很快過完
沒有只開一次的名字

剪下我吧
讓我的枯朽成為白鳥
自下一個季節的風裡飛走
烏雲下有一把黑傘
埋葬我的地方
赤裸的人質
他在地下邊走邊哭

拜託了

拜託了，在語言比之砲火
更具殺傷的此刻
拜託了——當人們唱起熱切的歌
音符如國家的旗幟般不斷上升
你會與木匠的巨鎚，直直釘死他們的姿態
廣場是憂鬱的墳墓，裡頭是
不及長大的臉孔
沉默的骨骸吧——拜託你

絢爛的彩虹啊拜託了
能褪散得更慢些嗎
讓沉默不語的骨骸能有好些時間站起來

說點過去的話——其實過去也不過是
一樣的太陽升起，一樣的太陽落下
一樣的月缺，一樣的月圓
拜託了語言
修修腳趾固然好，飲杯茶水固然好
可沒甚麼好說的了吧沒甚麼
沒甚麼好說破了
對吧

拜託了，再對我好一點
煎一隻蛋黃在麵包裡則挾著你鎮日的憂慮
肯定是苦的，而你的笑已佚失太久
拜託了外頭的樂音
請你趨近寧靜，我還求甚麼呢

拜託了讓這絢爛的彩虹
褪去得慢些慢些，好讓沉默不語的骨骸
緩緩地爬起來。
緩緩地
爬起。他不說話就永遠不會知道
但如果他找到我——就拜託你了呀
告訴他，過海之後
我不再回去睡了

自殺神

你在看著嗎在一堵泥牆上蹲著
看他洗臉看他刷牙看他用壞了一支牙刷，看著他
就把肥皂渣擰成較大一塊抹頭抹身體抹生活
沒有甚麼清潔與髒污。看著他走出門他忘了扣上襯衫
他袒身裸背回頭但找不到鑰匙他生了個氣
你怎麼形容他的凌晨三點
是早晨，或者夜晚

他腳底下流出黑色液體
沉默的房間裡他沒有電子音響讓他平靜他沒有隻貓
沒有隻狗。沒有一隻小孩。一隻愛人。或他曾經
常喜歡自己這樣坐著，盤起頭髮

用身體發出聲音
唱他曾有過的生活，聲音漸小漸遠
炭爐旁邊的呼吸聲終於靜了下來

你在看著嗎在一朵花尚未盛放就被攀折的街角
出門且就有光有影，有跟鞋皮夾的環抱與溫暖的地毯
行走如水面且飄逸的靈魂
足底從未沾上任何的泥濘吧
他曾有這樣的生活——用牙間刷刷洗漬垢刷完了
還想聞聞自己口中的味道，謊言的味道，甜言蜜語的味道
終歸都是一個吻吧：

冷而孤單和黑的孤單——
會是同一件事情嗎

終於他買到了炭火與肉與材料他打了幾通電話
約定時間到的那天他的朋友都十分期待
然後在差不多的時間每個人接到一則簡訊說
「不必來」
他其實並沒有出聲
你看著嗎

接下來的事情大抵如此
你照看著他
一瓶剛開的啤酒沒有人喝
而酒瓶被砸碎在陌生人的頭上

暴烈的寂寞可以被治癒嗎就不需要你將人帶走
人們遲早會死但他說不快樂在他黑色不開燈的房間
看著墓碑上的人名而我

一個個念過去，一個個念過去，一個個
念過去念過去念過去念過去，霧啊
雨啊
就漸漸散了停了不是嗎而天
也就漸漸亮了

烏陰

八月風颱，是日陰晴
如何短暫幾日，我有愛戀一場
能把一世的雨水落盡了
城市但恨氣短
自有多雨的憂慮，路頭的喧囂啊
都是我們恍惚行過了
半生的熙攘，半生蕭涼

溽夏心事壓如低風
怎生糾結如絲，錯盤如縷
愛過了還願再投身一次
我的心是一潭流沙，而生活

打從底下過去了
那日復一日的川流啊
想來放甚麼上去也都會沉
是都會沉的

我有憂歡交疊，穿梭如織
絲可是蠶鎮日的患慮？
還有誰能告訴我八月的道理
是偶然的烏陰
是葉開得比花朵繁盛
或也有一次碰觸，帶來竟夜的衰微
你可否將我的指紋抹去了
窮盡雨後的蒸騰
水霧正快速地飛散，也沒能
留住誰最後一雙眼睛

今天的溝渠還負著昨日的雨
愁眉一對挾著冷的面容
我想對你說穿了
說穿我等候風暴吹襲，正等候
你的哀樂
進犯如八月的洪汛
用一世淚水來將我寵溺

冷漠與瘟疫

（冷漠）　　（瘟疫）

我腋窩壞了我鼻子壞了　　他寫日記只賸下一人去讀
影子在我的右側我的眼睛壞了　　他們都錯穿手術衣
我寫日記只賸下一人去讀　　戴著不透氣的那款口罩
我很安靜看著倒臥女人她的黑髮　　他安靜看著她的黑髮一個倒臥的女人
我下班回來沒人敲門門已經打開　　在有瘟疫的城市裡
我們去買食物我大聲呻吟　　他腋窩壞了他鼻子壞了
我們把死老鼠扔到對街　　影子在他的右側他的眼睛壞了
這天，誰都吃得還算飽足　　他下班回來沒人敲門門已經打開

我沒再接過同一個人打來的電話　他們去買食物他大聲呻吟召來了一朵雲
我從不知道哪方勝了又是哪方敗了　他們把死老鼠扔到對街
我們在房裡四處留下圖釘　這天，誰的疼痛都吃得還算飽足
我噴著塗鴉有人隔著牆壁唱歌　他再沒接過同一個人打來電話
……他從不知道是哪方勝利了　究竟是哪方敗了……
很久沒人碰我的臉我們兩眼發青　他們在房裡四處留下圖釘自己踩了上去
沒有火焰也沒有事物焚毀　他噴著塗鴉跳過了自己
沒有開始就沒所謂終結　有人在隔壁唱著歌
我回家接下來很快就要下雨　他在河邊自己剃著鬍子等待下雨
我聽了音樂我覺得耳朵很痛　上游漂來幽幽綠綠甚麼東西
我沒有聞到甚麼氣味　有人躺著有人俯臥
我坐著並不說話　他再次回家他們兩眼發青
總有辦法可以生活下去　他叫醒飽受驚嚇的父親
我不知甚麼叫做「一瞬之間」　輪流進入淫蕩的處女

我們成為人客都坐在自己的旁邊　世界沒有開始也就沒有所謂終結

我坐著並不說話　在有瘟疫的城市裡

總有辦法可以生活下去　他失明的雙眼突然好了

我們把鋼琴鎖上一齊離開演奏廳　他得回了世界，且得回晨曦

那裡留有巨大的沉默　他們成為人客都坐在自己的旁邊

然後我說「我要走了」　他說很快就要下雨

我說從此之後「請你好好生活」　他說之後請你好好生活

扮一個最有創意的鬼臉

讓他們妝點你下班後疲憊的双唇

有時你跑出去又跑了回來

有時成功將自己拋出了這個世界

歌隊

讚美詩

讓我們讚美這座城市
它往其中一邊傾斜。眾人歌頌著
大樓後方的四樓公寓一再增建
在沉鬱的碑石與荊棘上
與築電梯。且讓我們讚美泥濘的坑洞
集會的第一天我們還能
讚美混亂的車流
讚美四面八方追逐而來的死神

第二天，我們讚美往天空推行的巨岩
讓我們讚美工作，讚美
為快樂與枯萎而激動的偉大人群

我們讚美廣場上罷工的女子
讚美無法出發的航班
讓我們在深夜四處縱火吧
燒去所有遲緩的時間。揮動尖鋤鐵鏟
當他們築起拒馬的大壩
我們讚美地底流動的另一座城

讚美每一道血管都與下水道相接
讓它們匯聚為沒有出口的運河
而我們必須讚美那些：天際線以外的雲
不潔的身體左臉類似的印記
讓足跡環繞公寓，讓蝴蝶思念花蕊
讓我們讚美
讚美城市以外最高的山峰
那裡當也有一雙眼睛，反窺他們

在抗議的第三天

讓我們讚美這樣的天氣
在日光底下顫動肩膀
赤著胸膛，在雨中把去年的枯葉抖落
虛構的人們
正被真實的事件不斷殺害

讓我們讚美誠實
於是撕毀了昨天的報紙
窗台下方，一道脊椎如大寫字母般豎立
讓我們讚美拼貼的肉體讚美鳥巢裡的復活
讚美存在與不存在
讓我們讚美衣衫襤褸的別人——
負欠巨大款項的他們

把書籍一頁頁撕下，扔進篝火
讚美並非他們所寫就的歷史

讚美這個世紀也將走到它的最後一天
讚美全新秩序的復興。讚美交通。汽車、地鐵
飛行器。讚美
快，以及更快消逝的時間。
讚美天光，砲彈與革命
讚美歷史竟能夠猛烈地轉向了吧
裝飾用的廉價喪服，安置在眾多肩膀中間

在舉起標語的最後一天
讓我們讚美那個男孩
我們讚美
這座浮島擁有許多名字像小指勾著鑰匙
而不能打開的門，未曾通向任何地方

夜行列車

無人的月台上，汽笛催促著啊
終究你坐上那班列車
身體裡炸彈將開始倒數了
離站的末班車，駛得只比流沙快些

但我的弟兄，比之流星墜落
哪一種速度較令你感覺安全呢？
塌陷的是車站或者軌道
遠而冷底視線，都在逐漸模糊……

行過窗景你不及看見
軌道末端是嶙峋的岩岸，我的弟兄

若可以改正轉轍器的方向
黎明還是你無法到達之處嗎？
請別讓我聽見遠方兵火爆裂之聲
我的弟兄。夜黑得彷彿星辰從未存在

福隆

沙嘴與林投樹與碎浪與貝殼沙，與一座電廠
拱橋與鐵路與區間車的經過與一個便當
與陽傘與啤酒與防曬噴霧的氣味與日升的時刻在東方
與雨雲積累與光塵自海的彼方落下
與一艘捕不到魚的漁船
與我們
發著整天的懶
說無關痛癢的笑話

古道與腳踏車與潟湖與沙雕
與趾縫帶走的沙子與未竟的夏天，與一座電廠
與它的突兀與它所對照的笑聲與無處容身的寄居蟹

與鳥的低飛與魚的逡巡
與海的沉吟
與我們視線中所看不見的一座電廠
像個無關痛癢的笑話

與美好的夏天與明年的棧道再次相約
與沙嘴不斷消退與潮汐與水母與藻類盤桓，與
一座電廠
與防風林與白鷺鷥與海岬的眺望
與你，與我。與我們所共有
所盼想的……

震旦

闃黑裡你喊著我的姓字
我的姓字是我出發的所在
但不可能的
不可能的是我將往左邊出發
而你不是，但你不是
那並非你索求的

一片闃黑中你喊著我的名字
沉默能比父親更頑固嗎
踏過了溫熱的身體，踏過
晨露濕軟的草地
夏季就這麼過完了不是

那時間並非你索求的
砲彈自頭頂經過的早晨
你煎了個蛋，一塊鬆脆的餅
沉鬱地黏在我的後頸
你說吃就是生活
你說這就是我們的生活了
但這並非你之索求
拖著雙腿雙手每天出門
不是你索求的

你總自我最明亮的時刻襲來
問我關於坐姿的問題
再問我一個問題關於生活
我需要黑暗。需要你
在闃黑裡喊著我的姓字

確認我活著我尚未陷入癲狂
死是一種癲狂吧
但比死亡更銳利的刀是甚麼呢
我不知道
我怎麼可能知道

慾念如野原般陷落著
燃燒的帝國啊滴著明天的晨露
夏天這麼過完了
究竟甚麼是你索求的
所有話你都說過了
沉默能比不說話的你更頑固嗎
向過去活一點好嗎
跳一支向後的探戈好嗎

甚麼事情是你索求的
你竊走一切舞步，發出笑聲
笑得像光
但我已經看不見了
那不是你索求的

傴戲

這是我的手。不，這肯定不是
您走過的晌午的花台，不是您碰過的
露水蛛網與您的等候
只是我都摘過
您曾經在左邊胸口繫上一朵花兒呢或者
沒有。您肯定錯認了吧
讓我們一無所有地重新開始

這是您的手，它搔過的地方
並不十分地癢——翻開您的書頁
都寫著各種姓名顏色，只需要背誦
我肚裡有些壞的打算

可以搬演可以詮釋可以指出
這是我的嘴。您可以說也可以
不說，或許一句嚴肅的話
「有人又在睡前感覺寂寞了」
說得淘氣俏皮
讓我們重新開始

這是您的夢嗎？我久久不能入睡
在陌生的街頭過來，身體
可以是下水道，可以是支離的
姿勢，言語，猜想和諾言
如今也不需要舞台
只是列隊工整
彷彿諷刺我的眼皮
能眨，不能闔。正彰顯了

一種過錯
我們因此一無所失

我不是個好人。我知道
包圍此地此在的噩夢
不是我的。不，這肯定不是
您說——這是我的靈魂
您是否不時感覺搔癢與刺痛，您如何
肯定您所肯定不是明日的誤認
我們一無所有
讓我們重新開始

體育

在沒有煞車的世界，通往
煤渣的路上在泥濘沼澤與水窪
終點線上有人安坐
等待勝利者到來並搶奪他的背號
總有人已寫妥了別人的墓誌銘
在滿是鏡頭的城市裡
我們可以放任一如我們也能禁止

有人同樣坐著，只是對自己所知有限
或完全無知……
嘗試定義並否決下一條規則
鳴槍的時候命工匠往另一位妻子奔跑

用別人的體溫暖他的腳踝與手腕
強制他敲打
令他失速地旋轉
鞭笞孩童但禁止母親們尖叫
讓我們沉入這沒有煞車的世界
徒勞地追逐落下的枯葉

倘若有鼓號聲響來自遠方的樂隊
從旋律中流出鮮血與花蕊
有時也想阻止星辰運行
需要不和諧的音律
一塊黑紗如何將天台徹底覆蓋
在黑夜在灌木林在雜交的氣味裡
鼻先於眼
碰觸先於信仰

「您是否能重複下一條規則」
仲裁者與女人相互撕裂也有可能

與其記住繁複的法條與律令
不如把它們綁在身上
在娼妓進出的門口拉起紅色繩索
川流的選手繼續跨欄而過
時間撐漲他們的靈魂直至風化
讓我們齊一致敬
讓我們鳴槍
向廢墟與交通向這個沒有煞車的世界

某些時候

某些時候他走路他面朝雨的方向
某些時候他像山一樣
把門踹上。某些時候他等著每個交通號誌
某些時候他穿越，穿越他
昨夜吐出的某些煙塵
某些時候他扭動，他洗澡
但沒有換衣服
或者只是把甚麼東西放進了冰箱
某些時候他穿著拖鞋睡衣浴袍衝到街上
把內臟一件件取出來
在月光下曬著，某些時候他查看時鐘
把東西洗乾淨了卻無非是想

把它們弄髒也是很好的

某些時候他讀完莎士比亞就講黃色笑話
某些時候他們給他鼓掌，某些時候
他們憤慨地要他回家
某些時候他在俱樂部唱歌
把冰淇淋杓挖到某個人的臉上
某些時候他的內衣讓雨水淋濕了
感覺腋下滲著汗，某些時候
他端著酒杯
在堤岸上看海鷗被天色所擊落
看陰影覆蓋了整個畫面像甚麼的終結
他知道某些時候他願意
他會願意

聽公路上的車來車往，某些時候
那裡當然可能有一場雨
其實也可能沒有
某些時候他刷牙的時候他跳舞
某些時候則是倒反過來，而在某些
全然靜止的時候
聽到滿屋子的雨聲他就站起身來
去查看水槽，鍋碗，杯具
然後很快把衣物脫光
某些時候他望向窗外的密林
道德不道德都有告密者隱匿如溪流
某些時候
污髒的信封草率歪斜地寫著誰的名字
某些時候一個巴掌打歪了季節
他用支菸斗和曬衣繩搏鬥

某些時候，他只是把自己嚼碎了
把鮪魚罐頭砸到另一個人頭上
不知道
是不是茂盛的植物影響了氣溫他問
某些時候他查看菸灰缸
各種家具，廚房用品
再度查看時鐘
臣服於生活他查看所有的東西
某些時候鋸子和機器的聲音緩慢了下來
祕密的後面還有祕密的後面還有
某些特別安靜的時候還有——

我想說的

此刻我想說的
無非是夜已濃縮，晚星虛懸
無非是繁殖的渴望噩夢的傾頹
親愛的，無非是樹生新芽
又為了誰將繁華褪盡
無非是蝴蝶振翅飛過了花季和暮雨
無非是河感念潮汐
時有起落也有張流轉的臉

生存，無非是在砧木上反覆敲擊
無非是將彼此的姓字
緊繫在言語的牢籠啊親愛的

我想說的無非徘徊
無非歸返
無非是木的漂流，山的移徙
瞠眼時，另一個夜晚便攀援而去了
只在沙上留有足印的三兩橫陳

無非是想開得更加寬闊
無非是垂問殷殷
幻影與煙塵能否也將礁石驚動
無非是假來亦無非是真
無非同你攜手
扶牆盤想芒花般飛散的心事啊
想說的是我們活著，在這
僕僕風塵，自滅自生

無非是遠山遼敻，青空與雲
無非是還想靜看你左傾的睡姿
關於生活可否有種
簡單的說法
關於你，我已知道甚麼
還能多知道些甚麼
我想說的
無非是——

他說過他沒說過的

他沒說過他說過的那些
眾人等待他清潔完畢安靜地躺下
遞出一些選項
無菌無害無塵的黃昏裡頭他
許了個願望如果爾後
還能乘車前往不辨何處的市集路上
他要對嘈雜的人們說
推土機來過推土機就一定會再來
的天氣裡他彷彿走了很久
不適宜與人同住也知道他
臼齒的補釘
隨進食脫落

珐瑯質邊緣像一把刀
割著舌頭也不必承認
他沒說過他承受過的那些

在這裡我們成天只是

在這裡我們成天爭吵
我們在這裡爭吵
爭吵誰該先進來讓誰坐在雨季中間
成天比拚哪個開了像一朵花哪個閉了
像一支傘我們成天讓自己完好
讓自己美麗並且乾燥
成天學習在某個特別舒服的日子
對著灰牆發明一種新的語言
在這裡我們成天都很殘忍

我們成天爭吵我們成天只是沉默
只是坐在這裡爭吵

成天碰觸灰塵碰觸不被允許碰觸的事物
在這裡我們的臉成天生長
睡著的人給自己照像成天沉默
側著臉成天都在追問
追問誰把螺絲起子放在別人裡面
我們只是坐著我們坐在這裡
轉開甚麼又鎖緊了甚麼
成天守候
繼續盡我們所能
繼續闖進它們的中央

成天只是成天在這裡沒別的意思
霾害光塵成天翻飛像一個嬰兒
一個嬰兒成天都在索求
希望我們餵他

成天爭吵成天沉默
成天繼續未完的鬥爭

我們成天在這裡
在這裡我們成天喊彼此的名字
喊錯了就成天成天爭吵
成天掛在彼此的背上一張臉非常沉默
沉默地走來走去成天不哭
如果有一把好的剪刀讓我們爭吵
如果沒有一把好的剪刀
我們成天沉默
我們成天墜落變成了自己以外的人
我們成天在這裡
我們在這裡
在這裡我們成天只是

讓字句塞滿腦袋
你閱讀他們像打開了復古舊式的麵包盒
讓每一個人在抵達目的地之前
都能因白日夢而感到富足

複寫

初戀像貓靜得像支花瓶

如果我在春天穿上新衣，會有一襲
美好的氣候屬於我。想起我們曾經像貓
像貓那樣愛你
而你的愛靜得像支花瓶
為自己寫一首情詩叫做初戀
沒有人教我該如何去做，只是說著
不用說幾句話你也變得鮮豔了
如果春天剩下最後幾秒鐘，我是說如果
穿一襲新衣我像貓那樣舔你
為你寫一首情詩曾經我像
貓那樣愛你不受拘束
躍上躍下
你還是我最甜美的占領

自傳

在鏡中我看見自己一再閃躲的
許多個自己[01]
在笑。知道世界末日之前
我必須完成一首最後的長詩，必須
獻祭黑夜的太陽水中的月亮
甚至我必須
強求自己不再像水仙一般自戀
世界末日之前我必須
刪除自己的過去如一個處子的純潔[02]
當然謊言[03]的面容都是非常純潔的。

兩歲未滿我早已明白
幻想永遠不足以強韌到能夠蓋起城堡
牆上的我的塗鴉彷彿
對應訕笑了那在襁褓04中孕育的
美如織錦的夢
「你找哪位？
　這裡除了虛妄不真05以外甚麼都有。」
三歲，第一次接起電話我說。
四歲莫名愛上香精蠟燭
自此埋下成為布爾喬亞06的決心
（同時也想當
　太空人、消防隊員、三島由紀夫
　因為那是四歲男孩共同擁有）
在我七歲之前
書架上是沒有詩07的

如同一隻阿爾及利亞動物園的年輕孔雀
還沒學會開屏就先展現了驕傲
剛進小學便養成睥睨世界的習慣
卻又
以為把爺爺的照片種在院子裡
會長出甚麼[08]

我記得
十歲的生日蛋糕上插了十二支蠟燭
也許他們以為，立志
嫁給資本論的男孩應該被送進
台大醫科精神改造
可是我只喜歡在放學[09]之後
躲進冷氣房和麥當勞叔叔玩捉迷藏
他們說那是一種

墮落。
「我只是拒絕長大。」
每當選舉結束[10]之後我坐在沙發上睡不著覺
身上穿體驗虛榮的真義[11]
我當然明白
十三歲開始把名牌商標往
甚麼樣的主題我應當書寫甚麼樣的
意義如同我們從出生問到老死又從
新生問到老死的龐大命題我那年
十三歲立志成為詩人[12]或者詩人的影子
並且
很快認清所謂
世界末日只不過是有時近有時遠通常
在我們耳邊響起的一句口號

虛妄一輩子……
我用顫抖的手承接雨水風霜。
十四十五十六歲，熱愛
蹲在大提琴內用香蕉和吸塵器自慰[13]
喜好和厭惡漸趨二元[14]
終於
連閱讀都變成了一種偏執
（早晨在鏡子中看見自己的模樣
有許多種
無一例外地[15]笑著，我說
「陌生的自己在陌生的鏡中而
熟悉的自己在熟悉的遠方。」
笑容通往我唯一的孤寂）
年輕
竟稍稍變得笨拙而不知所措

迷幻藥。大衛杜夫。三得利。
機車。西瓜刀。夏宇詩集。
聖嬰現象。錢櫃雜誌。麻布茶房。
生活。統一純喫茶。星期五餐廳。
精工表。台客爽。充氣娃娃
寬頻網路。大學聯考。咖啡。
張愛玲。KTV。星座解命書。
十八歲的我早熟如一隻蘋果
自族譜沒落分歧的心跳一躍而下……
政治正確。歷史課。性幻想。
凱文克萊內褲。加州健身中心。
CD。補習班。同學會。
早晨起床
在鏡中又看見一個個自己

笑著。比世界末日更加溫柔
（來自不同面向反映出的許多種
　臉孔，在
居住了十八年的熟悉都市氣候[16]裡
　漸次形成某種生活態度）

當我年滿十八的今天終於
決定
用最後一首長詩當作我的自傳
書寫自己的人生
其實那各式各樣以不同形式
開放於我生活的形式主義
在所有偶爾[17]浮昇偶爾陷落的
姿態中
化為一首詩

獻祭紅色的月亮震動的太陽
在我純潔如處子（如一個
　　　閃耀謊言的）
肌膚上
印出我用所有
起伏不定的喘息恐懼甚且18癱軟在
肢體上的肢體寫出
我的一部
超　級　精　選

01 如果我激烈表達／希望你能聽見／那個祕密
02 所有人都擁有／乳白色奶油質感的／夢／卻只能擁抱如此的溫度安靜睡著
03 過期牛奶換過包裝再上架／沉默的／毒殺
04 所謂溫柔／根本／只存在於回憶當中
05 米羅／馬諦斯／達利／超現實主義／在咖啡裡加五顆奶油球
06 我們的名字一出生便已命定／例如信義計畫區

07 某種聲音／不停呼喊著晦澀的愛情／在血液中凝結

08 沒有，也是一種解脫

09 脫下盔甲、面具然後／卸妝／才看見自己的疲憊臉孔

10 靈感陷入枯竭／這個時刻似乎已無話可說／無論委婉、激烈、或者痛切

11 跌倒在泥淖當中／依然要／強顏歡笑嗎？

12 除了頂樓／我也喜歡到海邊看夕陽／上色情網站宛如一個／徹頭徹尾的／布爾喬亞

13 你聽見了沒有／嗶嗶嗶／聽見請回答

14 不是今日之是也非昨日之非／日曆，老這樣總這樣

15 盒子裡裝的除了燈光和聲音／其實／還有愛情

16 刮鬍刀和刮鬍膏／電動或／手動／來回振盪共鳴發聲尖叫

17 被吃光的乳酪蛋糕／並不因為曾經存在而存在

18 如此這般，如此那般／一句話／重複千百次也該膩了吧

AIR

話語是那樣地冰冷
「為甚麼我們不擁抱」
因為
我光用想像都覺得自己早已
過於愛你

【新書簽講會】

《嬰兒涉過淺塘》

羅毓嘉

2019／06／15（六）

時間｜晚上7：00

地點｜誠品松菸店3樓Forum

（台北市信義區菸廠路88號）

洽詢電話：(02)2749-4988

＊免費入場，座位有限

國家圖書館預行編目資料

嬰兒涉過淺塘／羅毓嘉著. ——初版. ——臺北市；寶瓶文化, 2019. 06
　面；　公分, ——（island；291）
ISBN 978-986-406-158-7（平裝）

851. 486　　　　108006379

Island 291

嬰兒涉過淺塘

作者／羅毓嘉

發行人／張寶琴
社長兼總編輯／朱亞君
副總編輯／張純玲
資深編輯／丁慧瑋
編輯／林婕伃
美術主編／林慧雯
校對／張純玲・陳佩伶・劉素芬・羅毓嘉
營銷部主部／林歆婕
財務主任／歐素琪　業務專員／林裕翔　企劃專員／李祉萱
出版者／寶瓶文化事業股份有限公司
地址／台北市110信義區基隆路一段180號8樓
電話／(02) 27494988　傳真／(02) 27495072
郵政劃撥／19446403　寶瓶文化事業股份有限公司
印刷廠／世和印製企業有限公司
總經銷／大和書報圖書股份有限公司　電話／(02) 89902588
地址／新北市五股工業區五工五路2號　傳真／(02) 22997900
E-mail／aquarius@udngroup.com

著作完成日期／二〇一九年四月
初版一刷日期／二〇一九年六月三日

ISBN／978-986-406-158-7
定價／二八〇元

AQUARIUS 寶瓶 文化事業

愛書人卡

感謝您熱心的為我們填寫，
對您的意見，我們會認真的加以參考，
希望寶瓶文化推出的每一本書，都能得到您的肯定與永遠的支持。

系列：Island 291　**書名：嬰兒涉過淺塘**

1. 姓名：＿＿＿＿＿＿　性別：□男　□女
2. 生日：＿＿年＿＿月＿＿日
3. 教育程度：□大學以上　□大學　□專科　□高中、高職　□高中職以下
4. 職業：＿＿＿＿＿＿
5. 聯絡地址：＿＿＿＿＿＿＿＿＿＿＿＿
   聯絡電話：＿＿＿＿＿＿　手機：＿＿＿＿＿＿
6. E-mail信箱：＿＿＿＿＿＿＿＿
   □同意　□不同意　免費獲得寶瓶文化叢書訊息
7. 購買日期：＿＿ 年 ＿＿ 月 ＿＿日
8. 您得知本書的管道：□報紙／雜誌　□電視／電台　□親友介紹　□逛書店　□網路　□傳單／海報　□廣告　□其他
9. 您在哪裡買到本書：□書店，店名＿＿＿＿　□劃撥　□現場活動　□贈書　□網路購書，網站名稱：＿＿＿＿＿　□其他＿＿＿＿
10. 對本書的建議：（請填代號　1. 滿意　2. 尚可　3. 再改進，請提供意見）
    內容：＿＿＿＿＿＿
    封面：＿＿＿＿＿＿
    編排：＿＿＿＿＿＿
    其他：＿＿＿＿＿＿
    綜合意見：＿＿＿＿＿＿＿＿＿＿＿＿
11. 希望我們未來出版哪一類的書籍：＿＿＿＿＿＿＿＿

讓文字與書寫的聲音大鳴大放

寶瓶文化事業股份有限公司

（請沿此虛線剪下）

廣　告　回　函
北區郵政管理局登記
證北台字15345號
免貼郵票

寶瓶文化事業股份有限公司收

110台北市信義區基隆路一段180號8樓

8F,180 KEELUNG RD.,SEC.1,

TAIPEI.(110)TAIWAN R.O.C.

（請沿虛線對折後寄回，或傳真至02-27495072。謝謝）